NATHAN SID

Adriaan van Dis

Nathan Sid

Meulenhoff Amsterdam

De eerste druk van *Nathan Sid* verscheen in
december 1983 en was niet voor de handel bestemd.
Tweede druk (20.000 exemplaren), maart 1984
Derde druk (10.000 exemplaren), maart 1984
Vierde druk (10.000 exemplaren), april 1984
Copyright © 1983 by Adriaan van Dis
and Meulenhoff Nederland bv, Amsterdam
Een eerdere versie van *Nathan Sid* verscheen
in afleveringen in N RC *Handelsblad*, 1978/79
Omslag en tekeningen Charlotte Mutsaers
Grafische vormgeving Joost van de Woestijne
Foto op achterzijde omslag Steye Raviez
Meulenhoff Editie 766
Druk Hooiberg, Epe

I S B N 90 290 1985 9

Voor Lien, Pieke en Suzette

Nathan was er nooit geweest, maar wel gemaakt. Zijn zusters waren er geboren, net als zijn vader en veel van zijn ooms en tantes. Indië was overal in huis.

Zijn moeder wapperde het bed schoon met een sprietige sapoe lidi en zei bulzak tegen de matras. Je lichaam was een body. Op de met batik afgedekte hutkoffer tegenover zijn bed speelde hij vaak met benen vogels, een opgezette slang, bamboe fotolijstjes en Balinese vrouwenbustes die altijd glimlachten in glanshard hout. Nathans vader stond daar zwaaiend in een witte korte broek en de in de oorlog doodgeschoten vader van zijn zusters droeg een plusfour met verband om zijn kuiten, poeties noemde zijn moeder dat. Die andere vader leek op die foto's veel bruiner dan de zijne.

Op de schoorsteen lag een kris, versierd met plakjes Djokja-zilver. In de keuken hingen bolle koekepannen waar alleen Pa Sid mee bakte. Nathans moeder kookte Hollands, uit de torenhoog in elkaar passende aluminium pannetjes die zo heet werden dat je er gauw je vingers aan kon branden. Ze waren gesmolten uit neergestorte oorlogsvliegtuigen. Het Australische Rode Kruis had ze na de oorlog zelf aan zijn moeder gegeven, samen met de grijze dekens. Die vond Nathan ook zo dun.

Maar zijn moeder zei dat je er blij mee moest zijn. Na de bevrijding had zij nog maar één broek, één koffer en een vals gebit van het slechte kampeten. Zelfs het tafelzilver moest zij in haar Sumatraanse tuin begraven achterlaten. Als Nathan groot was zou hij het opgraven.

Alleen Pa Sid kon in Holland Indië tot leven geuren. Nathans moeder kookte altijd 'gezond' en at het liefst haar voor eeuwig ingezouten snijbonen. Maar als Pa Sid bakte rook het hele huis naar zoet en zout. Zijn rempèjèh klonterde zo dik als een gestolde spons en zijn spekkoek telde zo veel dunne laagjes dat je een punt alleen maar dwars kon happen.

's Zomers liet hij de rijst dagen zwellen tot een zoete kleffe pudding. Werd het satéoventje met staalwol opgepoetst, dan kwamen Pa Sids zusters met hun mannen. Tante Pop en tante Zus maakten altijd veel lawaai. Hun gouden armbanden klengelden tegen de houten stoelleuningen en hun rrr-en rolden harder dan Nathan ooit bij zijn vader had gehoord. Zij noemden Nathan altijd Ouwe Hoed en Kassian omdat hij niet van saté hield. Terwijl de zeezon Nathans neus brandroze deed vervellen, en hij altijd met een blauwe Nivea-zonneklep naar buiten moest, kleurden zijn tantes zich buiten ketjapbruin. 'Dat is ons Italiaanse bloed,' zei tante Pop altijd, 'je grootmama was een pur-sang Italiaanse. Ze was de roos van Soerabaja en alle mannen begeerden haar.'

Al stopte tante Pop zich tijdens de speciaal voor haar aangerichte urenlange rijsttafels voller dan haar maag

kon verduren – vaak boerde zij en riep 'Adoe ja, ik plof'
– toch mopperde zij altijd op alles wat Indisch was. Indië
was onbeschaafd en lui, en Italië had eeuwenoude beel-
den. Dat vond Nathan heel jammer want hij was er juist
zo trots op eigenlijk ook uit Indië te komen. Op school
had hij een foto van zijn vader met een dode tijger laten
zien en ook mocht hij de slang meenemen. Met een passer van zijn zus had hij er een gaatje in geboord, zodat
het zaagsel er bij de kop uitliep. 'Dat is het kogelgat,' zei
Nathan. Hij schaamde zich een beetje voor dat Italiaanse. Indisch was lekker. Indisch was stroop soesoe met
van die zwarte bolletjes die langzaam opzwollen tot kik-
kerdril.

Indisch was ook het grote huis waar ze met vier uit
Indonesië teruggekeerde families in woonden. Het was
ooit een Duits ooglijdersinstituut, dat na de oorlog ver-
huurd werd aan berooide repatrianten. Achter woonde
de familie Oetjeh. Daar rook het naar gebakken rijst.
Meneer Oetjeh was door de kou geschrompeld en sprak
schor. Het leek wel of hij altijd eerst een stuk kroepoek uit zijn keel moest schrapen. Nathan was de jong-
ste van het huis. Er woonden alleen maar oude mensen
en in de gemeenschappelijke gang hingen dikke, zware gordijnen. Van het Australische Rode Kruis, zei zijn
moeder.

De deuren waren zeeblauwgroen,
In de hal hing stinkkatoen

En witte melatti, die niet kon verleppen.
De gang was zo groot, je kon erin steppen.

Na vijven floepten lichten aan,
Gekletter van pannen, een lopende kraan.
Voor rook de lombok, achter de trassie,
Links was het sajoer, wij aten nassie.

Ieder kookte zich een droom:
Indië uit rijstestoom.
De keuken aan kant, de gang was weer stil,
De deur op een kier, opeens werd het kil.

Ik moest de krant gaan halen,
Maar buiten was ik bang.
Pa wachtte met verhalen
En dan werd het senang.

Nathan had onrein bloed. Hij kreeg kriebels van aardbei en tomatepit, rode vlekken van volle melk, eigeel en chocola, pukkels van vette pannekoek en vleesjus. Lekker gaf jeuk, alleen vies was gezond. Moedermelk had hij nooit kunnen verdragen. Nathan was een karnemelkbaby. Galbulten en steenpuisten waren zijn lot. Wekelijks moest hij naar de Schoorlse gebedsgenezer Middeljans. Achterop bij zijn moeder, met zijn voeten in haar fietstassen.

In de wachtkamer zaten altijd dezelfde oude, zieke mensen. Bijna alle vrouwen hadden verband om hun benen, Nathan was het enige kind. Eén mevrouw had een zwarte vleesbobbel op haar kin, een jujube waar haar uit groeide. Om haar nek hingen twee vossen, waarvan de pootjes tot op haar buik bengelden. Nathan zou die vossenagels wel over zijn eigen bulten willen laten krabben, want als hij naar Middeljans moest zat hij altijd onder, van de zenuwen.

Meneer Middeljans bad achter zijn rug en streek met zijn handen langs Nathans korte broek en blote armen. Nathans haartjes gingen er recht van overeind staan. Zo nu en dan knipte de genezer met zijn vingers in de lucht, om de kwade krachten af te slaan. God moest de bulten bedaren. Als Nathan erge jeuk had, drukte zijn moeder met haar nagel een kruisje op de bult, daar werd de jeuk rustig van. Ma Sid had verteld dat een kruis kalmte gaf. Toen Saskia in het kamp eens heel angstig werd, wreef zij van spuug een kruisteken op haar voorhoofd. Zij viel er meteen van in slaap.

Ook de twee horoscopen die Ma Sid voor Nathan had laten trekken, voorspelden allergieën. Daarom stond Nathans opvoeding in het teken van de zuivering. Als hij Bob, de boer die twee koeien op het landje aan de overkant liet grazen, met het melken had geholpen, moest Nathan zijn handen wassen met marmerzeep. Openlijk krabben werd bestraft met het omzwachtelen van zijn vingers. At hij stiekem ijs – liefst boerenjongens met een binnenbakje van chocola – en zijn moeder ontdekte nog een roomrand in zijn mondhoek, dan moest hij zich reinigen met citroensap en azijnwater.

'Zuur dat reinigt, zuur dat pijnigt, zuur in je bloed, zuur tegen drab, zuur tegen bulten, nooit zuur gekrab,' zong zijn moeder als hij met een konijnegezicht de kweldrank naar binnen slikte.

Nathan waste zich altijd met koud water, ook in de winter. Want warmte deed de gal broeien. 's Avonds voor het slapen kreeg hij een bruine boterham met knoflooktenen. Pa Sid zat er met de liniaal naast. Zo kende Nathan jong de smaak van slaag, want hij hield niet van brood met knoflook. Ook al vroegen pukkels en jeuk veel van zijn lichaam, de groei werd er niet door belemmerd. Omdat er in zijn horoscopen stond dat hij later zou 'neigen tot een hoge rug', moest hij na de knoflook op blote tenen twintigmaal om de tafel stappen. En opdat hij geen slappe vent zou worden, klemde Pa Sid de houten stok waar het tafelzeil omheen werd gerold, achter zijn rug langs, in de holtes van beide ellebogen. Pa Sid sloeg de maat met de liniaal. Zijn meetlat had een stalen randje en op het wit van de centimeters stond zijn naam met ballpoint ingekrast. Hij hoorde bij de tafel als het bestek, de messenleggers en de waterglazen. (De Sids dronken altijd water bij het eten. Ze aten vaak pedis. Niet Nathan, die kreeg er rode vlekken van.)

Nathan was kieskeurig. Hij bliefde geen lof en lustte geen spruitjes. Hij kokhalsde van andijvie. Vis vond hij vies, vlees vond hij eng. Terwijl zijn moeder en zusters onder het afwassen driestemmig een canon zongen, zat Nathan nog met lange tanden vlees te kauwen op het ritme van de ongeduldige liniaal van Pa Sid.

Pa Sid voelde niet alleen ergernis voor zijn enige zoon. Hij was ook trots op hem. Hij had er eigenhandig voor gezorgd dat Nathan al op zijn vierde kon lezen, schrijven en rekenen. Hij stond erop dat Nathan de eerste klas zou overslaan, want als winterkind was hij ongunstig jarig. Alleen het tellen en de tafels hield Nathan in de tweede niet bij. Voor bijles was een theosofische juffrouw uit Bergen uitgenodigd. Zij kwam op een krakende fiets met grote handflappen aan het stuur en in haar zijtas zat altijd een grote gewassen winterwortel.

Die sneed zij in dunne plakjes en zij schoof ermee als met de kralen in een telraam. Was de som goed, dan legde zij zo'n gulden schijfje op Nathans tong. 'Je maag is de bank,' zei de juffrouw, 'de wijsheid je rente.' De juffrouw maakte ook een smeersel tegen zijn bulten. Het was bruin, leek op velgensmeer, maar trok alle jeuk eruit. De zalf van de theosofen hielp beter dan het kruisje.

Nathans thuis geleerde letters pasten niet tussen de lijntjes van het schoolschrift. Hij wilde niet nog eens de les lezen die al zo jong was voorgespeld. Daarom kreeg hij in de klas meer standjes dan stempels. Dagelijks fietste de kleine Nathan zeven kilometer naar school, met onder de snelbinders een tas vol brood en tekendoos. Zijn kleurtjes hadden altijd gebroken punten en alle boterhammen smaakten naar die ene met marmite. Maar op school eten was leuker dan thuis. Niemand lette op de korstjes en je hoefde ook geen zure karnemelk. Nathan zei tegen de Juf dat hij er 'allergisch' voor was.

Het wekelijkse melkgeld versnoepte hij in de winkel van oma Passer op de hoek van de Stationsstraat. Het voor zes bekers karnemelk bestemde kwartje was goed voor vijf zoute droppen. Eén voor hemzelf en vier voor de jongens van Jansen. Die scholden hem altijd uit voor 'Nathan Sid, krentepit'. En dat alleen omdat zijn moeder, die een blad las voor natuurgeneeswijze, soms een rozijn onder de pleister op zijn steenpuist stopte. 'Dat trekt het vocht eruit.' Ook al zei zij dan dat hij gewoon moest terugschelden – 'de jongens van Jansen zijn te dom om voor de duvel te dansen' – Nathan kocht ze liever om met zoute punten. Eén drop in de week was één scheldkanonnade minder.

Toen Nathan ook de maandelijkse gulden voor het schoolfonds in drop omzette (hij vertelde de klas dat zijn oom een dropfabriek had), viel hij een week voor het schoolreisje door de mand. De Juf vroeg om het achterstallig geld en Nathans vader werd aangeschreven. Nu was Pa Sid een strenge man, die in de oorlog vierentwintig uur op een plankje in de Indische oceaan had rondgedobberd. Hij werkte maanden aan de Sumatra-spoorweg en kreeg na de bevrijding een slecht hart en een mager pensioen. Indië was hem ook al afgenomen. Hij had dus alle tijd voor de opvoeding van zijn zoon. Zijn straffen waren bewerkelijk. Hij nam Nathan niet alleen mee naar oma Passer, die hij plechtig moest beloven nooit meer haar winkel te betreden – alsof hij deze stopflessenfee ooit kwaad had gedaan – ook moest hij het hoofd van de school voor een volle zesde klas (waarin twee jongens van Jansen zaten) om verschoning vragen.

In het vervolg moest Nathan zijn bruine boterhammen, ook de korstjes, bij de bevriende drogist Posthuma opeten. Zijn dochter Lia zat bij Nathan in de klas. Haar tanden stonden heel ver uit elkaar en zij aten bij haar thuis tussen de middag altijd vis. Heel vies, vond Nathan. Behalve dan de gouden bokkingen. Die stonken ook, maar omdat hij geraamtes spaarde en bokkingkoppen zo stevig leken, boeiden ze hem zeer. Graat en bek kreeg hij mee voor zijn verzameling.

Een zeepaard in galop gevonden,
De vinnen van een monstervis,
Gebroken krab met touw verbonden,
Alles wat te jutten is.

Van haaieëi tot alikruik,
De have die de vloedlijn bood,
Branding-schoon en zanddroog-dood,
Werd uitgestald en ingeschreven.

Liever gespaard dan eng in leven,
In de zee of in mijn buik.

Als Lia lachte, grijnsde de bokking mee. Na twee weken overblijven bij de familie Posthuma besloot Nathan vegetariër te worden. Nooit meer zou hij iets eten dat met vis of vlees te maken had. Geen zondagse sajoer, geen kip. Zelfs geen pootje, dat hij toch al eng vond doordat zijn zusters marionet speelden met de afgehakte kippetenen. Zoiets mocht nóóit in zijn verzameling.

Voortaan terroriseerde Nathan het avondeten. Wie vlees sneed was een moordenaar. Als de rosbief op tafel nog rood nadrupte, liet hij zich van zijn stoel vallen en begon driftig te trappen. 'Nette mensen eten geen vlees!' krijste hij dan. 'Rotzakken!' 'Vloek maar tegen de bomen,' zei Pa Sid en Nathan moest van tafel. En daar stond hij, tussen de dennen tegenover het huis, zachtjes huilend met een niet te stuiten trillip. Daar

smeekte hij dat zijn vader, moeder en zusters ook vegetariër zouden worden. Anders werden zij nooit oud.
Vleeseters kregen later gezwollen gewrichten, hij had
het zijn moeder zelf horen zeggen.

Nu Nathan geen beest meer bliefde, wilde hij er streng naar leven. Zelfs de kroepoek, die volgens hem van gemalen garnalen was gemaakt, liet hij dapper staan. Voor hem geen vlees waar bloed aan kleefde, maar het vlees van vegetariërs: noten, kaas en paddestoel. En brood, veel brood. Wit vond hij het lekkerst, omdat het thuis niet mocht. Elke zaterdagmiddag hielp hij bakker Banting en verdiende zo zijn eigen witte kadetje.

De geur van brood onder de rood-wit geblokte thee-doek van de krakende bakkersmand was sterker dan de rook van Bantings sigaren. Als de bakker niet keek, aaide Nathan stiekem over de strengen zachte bolletjes. De gepoederde, heuvelige korstjes wonden hem op. Dat een kadetje zo lief en zacht kon voelen.

> Telkens als ik iemand streel
> Is het net of ik weer speel
> Met brood van bakker Banting.
>
> De theedoek is nu beddelaken
> En ook mijn ledikant kan kraken,
> Het brood is vlees en welving.

Alleen mijn hand is nu veel grover
En likkepot door rook vergeeld.
Hart en vingers lijken dover –
Ik kreeg na al die jaren eelt.

Ma Sid maakte zich zorgen dat de allergische Nathan te weinig opbouwende stoffen binnenkreeg. Aanvankelijk probeerde zij zijn avondeten ongemerkt met fijnvermalen vlees te versterken, maar Nathan ontleedde de kleinste krummel en stuurde elk met vlees bezoedeld bord boos van tafel. Niet alleen zijn moeder en zijn eeuwig pestende zusters, die voor zijn ogen grijnzend botjes kloven, maakten het Nathan moeilijk zijn principes in rust te belijden, ook Grijsje, de poes, hield weinig rekening met zijn fijnbesnaarde baasje. Ving hij vroeger een enkel konijn per jaar, nu legde hij wel tweemaal per week een doodgeknauwd duindier op de deurmat. Nathan voelde zich bedrogen. De enige die zijn vleesloze leven begreep was de naburige mevrouw Tengbergen, bij wie hij elke zondag 'club' had.

Club was een theosofisch gespreksgroepje. Mevrouw Tengbergen vertelde dan over wereldleraren, piramidebouwers en berg-yogi's die door innerlijke warmte de sneeuw rondom zich konden laten smelten. Ook zij waren vegetariër. In mevrouw Tengbergens voorkamer hing een schild met gouden kwastjes. De ene helft was blauw, de andere zilverwit. In de blauwe kant zat een zilverwitte ster en in het witte vlak een blauwe. Het zilverwitte was het Hoger Zelf. 'Daar moeten we allemaal naar streven,' zei mevrouw Tengbergen.

De weg zonder vlees leek Nathan een goed begin. Maar Ma Sid vond dat hij deze weg goed doorvoed moest bewandelen. Biergistvlokken dwarrelden als bruine sneeuw over al zijn eten. Ook vond zijn moeder dat Nathan zich moest zuiveren met het wit van sinaasappelschil. De binnenlaag bevatte vitamine P – omdat hij er zo'n hekel aan had – en was goed voor bloed en groei. Elke dag zette Nathan trouw zijn tanden in het bittere wit en kloof tot aan het lippenbijtende oranje. Hield je dat tegen het licht, dan zag je zon met kippevel.

In plaats van boterham kreeg Nathan voortaan muffin, een uit spinazienat gerezen broodje dat – wat voor lekkers Ma Sid er ook op of tussen smeerde – altijd rook naar spons en zemen lap. Nathan hield niet van dat draderige groen en al zei zijn moeder dat spinazie Popeyes maakte en dat een vent veel groente at, voor Nathan groeide langs het pad naar Hoger Zelf geen spinazie.

De badkamer walmde als een pan pruttelende frambozenjam. Zelfs de blikken Solex-olie naast de houten tobbe roken nattig zoet. Alles wat kon glimmen was dof van het warme baden. Op het marmeren plaatje bij de spiegel lag een lekkende tube roze tandpasta zoals Nathan nooit eerder had gezien. Ook de tandenborstels waren vreemd. Hij hield er eentje onder de kraan en zoog wat schuimend water uit de haartjes. Het smaakte naar vim en framboos. Op de van poeder kleffe tegelvloer lag een servetje met snoeprode lipafdrukken. Dat was de lipstick van zijn Indische tantes. Nathan hield het papier stevig tegen zijn wang en stempelde zich een vlekkerige zoen.

Zijn tantes logeerden hier nu twee dagen en zij waren al drie keer in bad geweest. 'Lekker mandiën,' noemden zij dat. En zijn moeder had Nathan nog pas gezegd dat water aan zee zo duur was. Zij bleven nog een hele week. Overal slingerden tassen en schoenen, overal lag zand. Die tantes snapten niets van het strand. Zij haalden de teer niet van hun slippers en namen elke dag halfdode zeesterren mee, die zij in een zakje lieten rotten.

Nathan moest nu bij zijn drie zusters slapen, op een krakend vouwbed van de buren. Zijn kamer was deze week van tante Pop en tante Zus. Daar gebruikten zij zijn Indische kalebas als asbak en zaten zij met hun hakken op zijn gehaakte sprei. En als hij zijn verfdoos wou, moest hij kloppen op zijn eigen deur. Nathan was al twee dagen kwaad. Aan spelletjes deed hij niet mee, want dat maakte nog meer rommel. De hele dag liep hij op te ruimen. Alles moest op stapeltjes. Hij was de enige die in dat volle huis met zes slordige vrouwen voor orde zorgde.

Wel leuk was dat ze iedere avond Indisch aten en dat zijn vader met bezoek zo aardig deed. Hij was nu minder streng, maakte grapjes in het Maleis en moest almaar met zijn zusters om vroeger lachen. Nathan zat er dan stilletjes bij. Zij waren zo anders, die tantes. Heel bruin, met paarse bloemen op hun jurk. Achter hun oren rook het naar framboos en zij verfden hun lippen en nagels, zelfs die van hun tenen. Zoiets had Nathans moeder nog nooit gedaan, die rook weleens naar lelietjes-van-dalen, maar meestal naar Presto-afwasschuim, waar Nathan de knikkers van spaarde.

Echt lief vond Nathan zijn tantes niet. Aan tafel mocht hij haast niks van ze zeggen en zij pestten hem telkens, omdat hij bang was voor vlees. Zij kloven ook aan kippe-beentjes en dat vond Nathan heel eng en onbeleefd. Nu hij zo schuin over zijn bord naar ze keek, naar hun grote zwarte ogen, naar hun vleesvette tongen en hun paars-rode lippen, wist hij ineens waar hij zulke tantes eerder had gezien. Zij leken op de kleurplaat van die tot raven getoverde slechte prinsessen. Raven hielden van gouden ringen, zijn tantes ook. Zij schreeuwden ook zo scherp en zij konden de botjes van hun handen laten kraken. Net klauwen. Nathan wilde zijn moeder vragen of zij nog wist in welk boek die raven stonden. Maar zij zat aan het hoofd van de tafel en hoe hij ook 'mam' riep, zij was te druk met scheppen en snijden om iets te horen.

Zijn tantes lachten steeds luider. Hun armbanden rinkelden van plezier. Nathan sloop nu zachtjes naar zijn vader om te vragen of hij al van tafel mocht. 'Dan kan ik straks een toneelstukje doen,' zei hij. Nathan stond al bij de deur voor zijn vader iets kon zeggen. 'Het wordt heel leuk,' zei hij nog en hij rende naar de badkamer. Daar, achter die deur met twee haakjes, kon Nathan altijd doen wat hij wou. Hij had er weleens een wc-rol in brand gestoken en zondags verkleedde hij zich er uren voor de spiegel. Nu zijn tantes hier logeerden, was de badkamer de enige stille plek in huis. Hier kon hij zich niet vervelen, zeker niet nu zijn tantes er een koffer vol vreemde spullen hadden neergezet. Genoeg voor een week toneel.

Wat zou hij spelen? Kapper? Met tante Zus haar spuitfles waar zo'n rode rubberbal aan zat? Of zou hij zijn haar weer vet smeren, zodat hij, als een inboorling, de kam dwars in zijn kuif kon steken. Als je dan de lussen van je hemd aan de uiteinden van die kam hing en je sloeg een handdoek om je hoofd, dan wās je net een non met zo'n witte bef onder haar kin en een plat stukje vanboven. Het leek Nathan niet verstandig een rode clownsmond te kleuren, nu tante Pop net ontdekt had dat haar lippenstift uit de huls was losgedraaid. Nee, vliegenier was veiliger. Dan maakte hij een echte mannensnor van wenkbrauwpotlood en wat rouge op zijn wangen – dat kwam door de wind, want het was een open vliegtuig net als in *Bruintje Beer*.

Als hij nu ook die zwarte bustehouder van tante Zus om zijn hoofd bond, leken die doppen op zijn oren net twee grote koptelefoons. Nou moest hij nog iets aan dat vleugels maakte. Die zwarte onderjurk aan de haak van de badkamerdeur. Zou het mogen? Wat hing dat mooi om zijn schouders. Armen wijd, en hij was een groot zwart rover-vliegtuig. 'Brrrr, mmm... Brrrmmmmmm.' Nathan stoof met spetterende bromlippen de kamer in. 'Hallo, hallo, ik ben een vliegtuig. Hallo, hallo, hallo met de zwarte raaf, over. Hallo, hallo!'

Nathans zusters wezen gierend naar zijn vliegeniersmuts. Zelfs zijn moeder moest lachen. Maar zijn vader keek plotseling weer streng. Tante Pops ogen priemden door Nathan heen. 'Meid,' zei zij. En tot zijn vader: 'Daar zal die jongen het later nog moeilijk mee hebben.'

Nathan zat thuis met de bof. Zijn hals prikte en gloeide de hele dag en om de pijn nog warmer te maken had zijn moeder hem een bruin gebloemde sjaal om de kaken gebonden. Die sjaal rook naar oma, naar haar onder witte zakdoekjes verstopte pepermuntjes die bitter smaakten van de eau de cologne. Nathan wou nu niet zoet ruiken en niet zoet zijn. Hij was al een week bezig een echte man te worden. Bovendien wilde hij nu helemaal niet aan zijn oma denken, want die noemde hem altijd Troela. Nathan was troela af.

Hij zou nooit meer met de spullen van zijn zusters spelen. Hij zou zijn gezicht nooit meer met hun lippenstift volsmeren. Zijn nagels liet hij voortaan vuil. Gisteren had hij de oude stenen pop van Saskia met een hamer tot gruis geslagen. Hij sliep nu zonder sokken, at ongewassen appels en toonde aan tafel manieren die zijn toch al kortademige vader paars deden aanlopen. Smakken leek Nathan heel mannelijk. Ook wou hij mannelijke boterhammen. Ze moesten minstens tweemaal dikker. Maar omdat hij bij het kauwen zijn mond niet netjes dichthield, groeide het beleg voor straf niet mee.

Doperwtjes vond hij voor slappe vrouwen. Kerels aten kool en stamppot en veel aardappelen. Een man nam altijd grote happen en at alleen met zijn vork. Dat had hij zijn grote neven ook zien doen. Die durfden meer dan hij. Met durven had Nathan het moeilijk. Hij durfde niet in het donker, durfde niet in de bomen en was bang voor kikkers en muizen. Maar dat zou nu allemaal veranderen. Van de stratemakers had hij geleerd hoe je zonder zakdoek je neus kon snuiten. Ook spuugde hij veel op de grond. Maar nu zat hij binnen, met een vrouwendoek om zijn hoofd, en hij kon niet smakken of snuiten van de pijn. Het enige dat mocht was zitten, pap en slappe thee.

Zijn moeder las hem voor uit *Nils Holgersson*. Nathan hield niet van die slome op die vogel. Hij hield alleen van Gulliver. Die kon je niet lezen, die kon je alleen maar zien. Vorige week was hij voor het eerst van zijn leven met zijn vader naar de bioscoop geweest. Naar *Gullivers reizen*, in de zijzaal van De Rustende Jager. Gulliver was sterk en groot en nooit werd hij gepest. Hij sliep op zeshonderd bedden, stopte boeven in zijn broekzak en droeg prinsessen op zijn hand. Als hij honger had kreeg hij twintig karren brood en het sap van duizend appels. Zo wilde Nathan zijn, mooi, zonder sproeten en galbulten. Met zo'n open bloes met haar en zulke grote laarzen. En als je liep, liftten de lilliputters mee op je schoen. Net als Nathan ook weleens deed wanneer hij mocht neuzenlopen. Dan stond hij met zijn sokken op Pa Sids schoenen en deinde hij mee in reuzenpas.

Met de bof in de keel droomde Nathan dagelijks van Gulliver. Hij wilde laarzen hebben en zó sterk zijn dat hij nooit meer door zijn zusters zou worden gepest. Hij zou karnemelk drinken zonder morren en zich flink door levertraan en biergistpil heen bijten.

Sport daar kon ik ook niet tegen,
Spierbal heb ik nooit gekregen,
Haar wou op mijn arm niet groeien,
Moederskindje, bang voor stoeien.

Alleen in dromen vond ik moed,
Daar was ik groot, en sterk, en goed,
Een Gulliver in Lilliput
En niet mijn zusters' kop van Jut.

De bof maakte het de kleine Gulliver wel héél moeilijk zijn drie zusters als dwergjes te negeren. Zij speelden allemaal verpleegster. Op een warme herfstavond, toen Nathans konen kookten van de bof, namen zij een blikje 'lichtende zee' voor hem mee. Nu moest hij toch van ze houden.

Na negen dagen mocht de sjaal eraf. De eerste keer buiten werd beloond met nieuwe rubberlaarzen. Nu gloeide Nathan van trots. Op weg naar school sloeg hij de randen van zijn laarzen om. Toen hij op het fietspad langs een kring paddestoelen kwam, smeet hij zijn fiets stoer tegen de grond. Hij plaste eens flink tegen een

boom, spuugde een paar maal in het rond en vertrapte met open gulp en glanzende laarzen de paddestoelen. Voor het eerst voelde hij zich echt een beetje Gulliver.

Helmsprieten krasten hun halve maan nog geen meter van het keukenraam in het zand. Al deed Nathans moeder nog zo haar best een groen hegje in de gele grond te kweken en al gieterde ze dagelijks haar zeeziek gras (als er een paard voorbijkwam moest Nathan met stoffer en blik de mest opscheppen), de aarde werd er niet scheutiger van. Haar tuin blééf duin. Als het buiten waaide, knerpte thuis het zand op keukenvloer en aanrecht. Zelfs de achterzakklep van Pa Sids militaire broek, die Nathans moeder voor de tochtige brievenbuspleet had getimmerd, hield het zand niet tegen.

Na elke storm, wanneer de lepels extra in de slakom knarsten, kondigde Pa Sid nieuwe regels af die de duinen binnen hun perken moesten houden: 'Jullie moeten buiten dennenaalden strooien en eerst je sokken uitkloppen voor je binnenkomt.' Maar Nathans moeder had haar strijd allang opgegeven: 'Wie in een duinpan kookt, zal op de korrels moeten kauwen.'

Nathan vond dat de wind nu wel heel hard om het huis heen stoof en niks prikte zo als scherp zand op roodverbrande benen. Had hij maar zo'n rare badjas als die Duitse gasten of een jurk van handdoek van zijn zusters. Want lange broeken kon hij 's zomers niet verdragen. Ook daar was hij allergisch voor. Zijn moeder zei dat verse lucht de jeuk verjoeg en prikkelwind gaf echte mannenbenen. Toch kregen Nathans benen nooit dat bruine van zijn vader en zijn roze haartjes kon je alleen maar tegen het licht in zien. Als het zand zijn dijen weer tot schuurpapier kraste, depte zijn moeder zijn vel met komkommermoes en schijfjes citroen. 'Voor tegen de bulten en tegen de zon,' zei zij.

Maar op de gekrabde korstjes wilde Nathan geen spul. Die moesten zo blijven, dat was het enige stoere dat hij had. Korstjes waren geheime inktpotjes. Als ze hard waren en geen pijn meer deden, pelde hij ze voorzichtig los, tot het bloed weer begon te lopen. Daar schreef hij briefjes mee, met een lucifer als pen. Moordbrieven van zijn geheime club.

Het hol van die club was achter in het bosmoeras. Op blote voeten kon je er niet komen, want het pad ernaar toe was begroeid met distels en paarsige klitten. Je kon alleen maar kruipen in dat bos. Alle bomen waren krom gewaaid, zodat ze zich tot een donkere hut hadden toe-gevlochten. Er kwam nooit zon door die stekende tak-ken. Aardbeien bleven er wit, maar de leeuwebekjes tussen de natte hoge pollen kleurden en roken wèl en de bramen waren er lauwer en zoeter dan die uit de duinen. En zonder zand.

Ik ben er later nog eens teruggekomen:
Er stonden helemaal geen bomen.

Het was niet meer dan dorre struik,
Kriebeltakken tot je buik,
De distels zacht, de klitten fijner.
Waarom groeit als je groter wordt
Vroeger zo veel kleiner?

Niemand wist waar die bramen bloeiden, want niemand was lid van Nathans club. Daarvoor waren er te weinig bramen. Wel stuurde hij veel briefjes. Daar schreef hij vieze woorden op. Nathan zei dan dat hij zo'n briefje in het duin gevonden had en las ze thuis hardop voor. Op een van de uit zijn vaders la gepikte bruine kartonnetjes had hij met een mengsel van bloed en bramensap *'lulkak je word vermoord'* gekrast.

Voor de grap had Nathan het bij zijn vaders bord gelegd, onder een pitriet tafelmatje waar het wit gebloemde zeil altijd wat bobbelde van de warme schotels. Pa Sid zag het kaartje liggen, las het vluchtig, zei niets en keek streng voor zich uit. Nathan had geen honger meer en zijn dijen kleefden erger dan ooit aan de houten stoel.

Toen hij eindelijk van tafel mocht, gaf zijn vader hem in het voorbijgaan plotseling een harde pets. Zijn vingers kleurden wit op Nathans wangen. 'Wordt schrijf je met dt,' zei hij. Voortaan moest Nathan zalf en pleisters op zijn korstjes.

Zondag was een dag van koude blote voeten, van opstaan zonder wassen en lang in je pyjama. Zondag moest Nathan lief zijn voor zijn moeder en geen ruzie maken met zijn zusters. Zij bakten ei met tomaten en smeerden beschuit. Hij stofte af en gaf de planten water. Samen dekten zij de tafel.

Nathan voelde zich altijd een beetje baas in die sluimerende zondagmorgenkamer. Zijn vader en moeder nog op bed, sloffende zusters in de keuken, planten in de zon, en hij alleen met zijn gieter, stofdoek en beertjespyjama.

Voor de planten moest Nathan op een stoel, dan gieterde hij zonder knoeien en kon hij beter bij de uitgebloeide geraniums. Nathan hield van die roestige blaadjes en de bijna dode bloemen. Ze roken gassig en als je ze fijn wreef kreeg je paarse binnenhanden. De geraniums klommen wel anderhalve meter hoog. Het waren stekken van mevrouw Belgers, die had ze bij volle maan verpot en de maan zat vol geheime krachten, die trok de golven naar het strand en deed alles sterker groeien.

Wanneer Nathan met de gele stofdoek het dressoir poetste, geurde de boenwas op uit het warm gewreven hout. Het dressoir was meer dan drie meter lang. Het kwam van ooms van zijn moeder, die waren rijk en boer in Brabant, maar dat kon je aan het hout niet ruiken. Als je speelde dat je blind was, kon je met je vingers reizen maken langs de uitgesneden kastdeuren en de bolpoten die aanvoelden als geribbelde sorbetglazen, maar dan warm. De poten waren hoog genoeg om Nathan kruipend toe te laten. Daartussen was het net een hol. Je was er wel te zien, maar niemand kon er komen, alleen stof en Nathan.

De achterpoten zaten zo dik onder de was dat je er met je nagels hele slierten af kon krabben. Na het stoffen, of als hij zijn elleboog zo hard gestoten had dat zijn vingers doof waren van het telefoontje, bleef hij er soms op zijn rug liggen. Dan stompte hij met tintelende vuist tegen de bodem van de kastjes. Zo kon je kopjes horen vallen, zonder dat je er zelf aan was geweest.

Het hardst sloeg hij waar de lepeldoos lag, dat maakte pas lawaai. De lepeldoos was de mooiste die zij hadden en als zijn moeder dood ging zou Nathan hem krijgen. Op het deksel stond de koningin van Engeland. Op haar hoofd een kroon met een brede rand van wit bont. Naast haar een hond en een prins vol medailles. Die koningin was zó rijk dat zij nooit dezelfde kleren aan hoefde, dat had Nathans vader eens gezegd. Als haar bord vuil was, gooide zij het weg.

Een buikdressoir van semi-Chippendale,
In de laden donkergroen fluweel,

Het hout vol krul met druiventros,
Rechts zat er een deurtje los.

Beneden tussen poot en zwaluwstaart
Werd een groot geheim bewaard.
Daar speelde ik voor poetslakei,
Mijn stofdoek droeg ik als livrei.

Ik wisselde er verhalen uit met mijn koningin
– Wij zeiden 'je' tegen elkaar,
    zij was mijn hartsvriendin.
Ik sprak over mijn zusters, die waren altijd boos,
Zij van haar rijke leven op een lepeldoos.

Al het stille van de zondag werd bij het tafeldekken ver-
stoord. Eerst liet Nathan de zware la uit de gleuf vallen
omdat hij dacht dat de onderzetters helemaal naar achte-
ren waren geschoven en toen trok Saskia expres het
kleed van tafel waar Nathan net de yoghurtlepels op had
uitgespreid. 'Eerst het zeil, koeboe,' zei zij, 'dan de
lepels.' Ada keek toe. Zij wipte op en neer, haar voeten
naar binnen, haar kuiten krom. Jana zette thee, in de
keuken. Nathan legde de messen links, de vorken rechts.
Ada verwisselde ze zwijgend. 'De scherpe kant moet
naar het bordje,' zei zij toen Nathan alles had klaarge-
legd. Nathan draaide de kartels naar binnen. 'Jullie zijn
de molton vergeten,' zei Ada.
    Zijn zusters wisten altijd alles beter. Nu moest hij de

hele tafel overdoen, alleen omdat die stomme lap onder het zeil moest. Hij haatte dat zeil. Hij rolde het morrend om de stok. 'Je gaat scheef,' zei Ada, 'het zeil krult om.' Zij stopte sloom twee zuigvingers in haar mond.

Plotseling greep Nathan de stok en sloeg, het half opgerolde zeil als een vaandel door de lucht zwaaiend, knalhard op haar hoofd. Ada dook ineen en haalde een rode hand uit haar haar. Het leek wel of Nathan met de klap al zijn kracht had verbruikt. Hij voelde zich wee, zweet druppelde uit zijn knieholten. Toen hij zag dat Ada voldoende bewoog om niet dood te zijn, glipte hij voor zijn vader binnenkwam weg naar zijn kamer. Daar bad hij huilend. Nu moest hij net als Ciske de Rat naar een gesticht.

Kranen liepen in de keuken. Deuren sloegen, hij hoorde stemmen van buren en het starten van de motor. Zij gingen naar de dokter, de wond moest gekramd. 'Ze is gevallen,' hoorde hij zijn moeder tegen de buren zeggen, 'ze heeft haar hoofd gestoten aan dat bakbeest-dressoir.' Niemand kwam Nathan troosten of slaan.

Een uur later ronkte de motor weer naast het huis. Pa Sid had zijn militaire motorjas nog om zijn schouders toen hij Ada Nathans kamer binnenleidde. Zij droeg een groot wit verband om haar hoofd. In het midden was een rode bloedplek uitgevloeid, net een kroon met robijn. 'Heb ik je zo geleerd met vrouwen om te gaan?' zei zijn vader somber. 'Dat wordt een week brood met tevredenheid.' Nathan kon alleen uitbrengen dat het hem speet. Ada was de enige die weleens naar hem luisterde. Zij stond daar zo mooi in de deuropening. Hij durfde haar niet echt recht in de ogen te kijken, maar toen zijn vader hem bij zijn nek pakte en dwong, leek zij even op de koningin van de lepeldoos.

Nathan was ziek. Het borrelde in zijn buik. Er kon geen hap meer in, geen wind meer uit. Zijn vel stond zo strak als een strandbal. Zelfs zijn roze navelhaartjes deden pijn. Soms was zijn buik rillerig, dan broeide hij weer klam en hoorde je hem gorgelen als een leeglopende wasbak. Alles wat erin zat zocht prikkend een weg. Toch moest er meer bij, vond zijn moeder: stinkthee waarin gedroogde madeliefjes dreven en dungeslagen yoghurt met melasse-stroop. 'Voor de stoelgang,' zei zij, 'stroop temt alle kwade sappen.'

Zwarte melasse was het vieste dat er bestond. Volgens Nathan was melasse ook heel geheim, want op school had nog nooit iemand ervan gehoord of geproefd. Alleen de Sids hadden zo'n kleverig blik op tafel. Zijn moeder was immers lid van de Natuurgeneeswijze. Daar kocht zij van aan de deur. Bij meneer Schoen, met zijn mand vol vieze spullen. Het enige lekkere dat hij verkocht was sesamkoek en druivenlimonade. Zelf at meneer Schoen altijd zeewier op zijn brood. Als hij over wier en vitaminen sprak moest hij altijd heel erg lachen en zag je al zijn bruine tanden. Volgens hem was kruid de beste dokter, en melasse. Dat zei Nathans moeder ook. Je ging er niet alleen goed van, het zat ook nog vol ijzer.

Nu wilde Nathan wel gaan, maar hij wilde geen ijzer. Had hij pas niet gelezen hoe de baron van Münchhausen op een kanonskogel de lucht invloog? Zo voelde zijn buik ook, zo bol als een kogel vol ijzeren lucht, wachtend op een grote plof. Telkens vroeg Nathans moeder of hij soms iets verkeerds gegeten had. Moest hij het nu zeggen, van die twintig dropveters die hij van twee gestolen kwartjes had gekocht? Drop was toch goed voor de maag? Nee, hij had heus niets slechts gedaan, echt niet. Hij had alleen op school een bruine tegen een witte boterham geruild.

Na twee dagen bol en 38,5 kwam eindelijk de dokter. Zie je wel dat hij echt ziek was. Zelfs meneer Schoen kon er niets meer aan doen. De dokter vroeg of hij misschien een voetbal had ingeslikt. Nu moest Nathan bijna huilen. En toen de dokter twee zwarte slangetjes in zijn oren zette en met een koude zilveren dop over Nathans buik wreef, dacht hij zuchtend aan de gestolen kwartjes en de veters drop. 'Gestolen goed gedijt niet,' zei zijn vader altijd. Was dit zijn straf? Zou Onze Lieve Heer al die veters in de knoop hebben gemaakt? Gelukkig vroeg de dokter verder niets. Hij zou het nog een nachtje aanzien, misschien was het wel de blindedarm. Van nu af aan mocht Nathan niks dan thee, zonder bloemen, alleen die gewone van Piggelmee. 'Laat maar eens een flinke wind,' zei de dokter.

Die nacht kon Nathan niet slapen. Alles krampte en stak. Misschien moest hij zijn moeder vragen om het brood dat zij speciaal voor oude zieke mensen in een geel trommeltje bewaarde. Het was brood dat Kerstnacht buiten was gelegd en dat daardoor nooit kon schimmelen. Eén boterham had al heel bijzondere krachten. Maar zou het ook voor dieven helpen?

Hoe schuldiger Nathan zich voelde, hoe meer zijn buik borrelde. Midden in de nacht, toen zijn moeder langs zijn koortsige slapen kwam strijken, vroeg Nathan schuchter of je het van dropveters ook aan je blindedarm kon krijgen. En daar kwam snikkend het verhaal van de kwartjes en de veters, wel twintig meter in één keer. 'Nathan,' zei zijn moeder, en zij keek hem scheef aan terwijl zij zorgelijk haar hoofd schudde, 'leer toch eens het verschil tussen mijn en dijn.' Zij deed het licht uit en ging weg. Zonder nachtkus.

Nathan voelde zich koud en stil. Hij vouwde de handen op zijn buik en keek recht omhoog. Nu zijn ogen aan het donker wenden, zag hij weer duidelijk die gipsen cirkel om de plafonnière. Als je daar lang naar keek, leek het net of je zweefde. Dat wilde Nathan. Heel zachtjes omhoog, door het plafond. Niet als de baron van Münchhausen, maar als een briefje aan een vlieger, als een ziel naar de hemel. Zijn moeder zou dan nooit meer boos op hem zijn en altijd van zijn foto houden. De hele klas ging naar de begrafenis. Die rotjongen van Wolff ook, wat zou die een spijt hebben dat hij Nathan vorige week met een broodtrommel had geslagen.

En een krans van meneer Nonnekens, het hoofd van

de school, die als Nathan hem van de Juf zijn schrift moest laten zien, nooit een stempel wilde geven omdat hij altijd over de lijntjes ging. Misschien kreeg zijn schrift dan toch nog een stempel, eentje met een molen, met daaronder: Ga zo voort. Zijn zusters zouden niet meer zeggen dat hij een dief was. Zijn vader zou trots op hem zijn en heel erg om hem huilen.

Nu werden de dropveters rustig in zijn buik. Zachtjes liet hij een wind.

> Later als ik dood ben, wil ik een lange stoet,
> Iedereen zal rouwen, met een hoge hoed,
> Of met een voile voor de tranen,
> Dat huilen doet mij goed.
>
> Rijen advertenties, kransen met een lint,
> Veertig zwarte auto's: ik was zeer bemind.
> Na afloop taart met limonade,
> Want in doodgaan ben ik nog een kind.

Wat socialisten precies waren, wist Nathan niet. Maar wel dat zij altijd witte boterhammen aten, met roomboter en vleesbeleg. Socialisten dachten dat mensen die netjes spraken en die hun schoenen bij Bally kochten, rijk waren. Zij begrepen niet dat je met dure schoenen langer deed en dat ze eigenlijk veel goedkoper waren dan die uit de aanbieding van Van Haren. Socialisten zeiden dat de Hollanders veel geld uit Indië hadden meegenomen. Wisten zij dan niet dat Nathans vader er juist heel arm vandaan kwam en dat zijn moeder er al haar fotoalbums had verloren?

De Sids aten geen wit, maar bruin. Na de derde boterham moest je smeren met tevredenheid. Beschuit mocht alleen op zondag.

Socialisten waren rood. Zij waren ertegen dat Pa Sid zijn KNIL-salaris uit de oorlog nog zou krijgen. Zij hadden Indië verkwanseld en van de gulden een dubbeltje gemaakt.

De laatste weken zat Nathans vader haast elke dag op ze te vitten. 's Avonds las hij saaie stukken hardop uit de krant. Soms moest hij er schamper om lachen, dan mopperde hij weer dat het 'allemaal klojangs' waren. Gisteren had hij de krant zelfs driftig in elkaar gefrommeld.

'Het Handelsblad is ook niet te vertrouwen,' riep hij toen boos. Nu zat Nathan met een verkreukelde *Olle Kapoen* in zijn plakschrift.

Hij bleef maar even uit Pa Sids buurt. Zijn moeder zei dat het allemaal door de verkiezingen kwam. Daarom hingen er op weg naar school dus van die plakkaten, allemaal afkortingen en mooie foto's van een man die net op opa leek. Nathans vader noemde hem een landverrader. Volgens zijn moeder deed hij veel voor oude mensen en ook al was hij hoog, hij ging gewoon op de fiets naar de koningin.

Allemaal propaganda, vond Pa Sid. Niemand deugde deze dagen. Vorige week had hij nog ruzie gemaakt met Nathans peetoom, de broer van zijn moeder, die met schoolvakanties altijd op de Berini uit Amsterdam kwam. Oom Nathan was een socialist. Hij droeg dikke schoenen die niet konden glimmen en bruine broeken zonder omslag. Nathans vader vond dat dat niet hoorde, die zei: 'A gentleman never wears brown.' Hij kleedde zich dan ook in grijs, blauw of mossig groen en altijd met schoenen 'merk vergiet'. Alles van House of England. Plooien perste hij zelf, want Nathans moeder was te slordig, met haar flodderige naaikranskleren.

Oom Nathan vond dat de arbeiders meer moesten verdienen. Maar volgens Nathans vader ging het ze beter dan de Sids en de andere mensen van het huis. Arbeiders hadden te veel noten op hun zang. Zij keken altijd naar omhoog en nooit naar mensen met minder. Zij waren nooit tevreden.

Nathan dacht dat dat juist heel verstandig van ze was. Bij een slecht rapport mocht hij zich toch ook niet vergelijken met de jongens van Jansen, die net als hij een vier voor schrijven hadden. 'Er zijn er die het beter doen, Lia Posthuma had een acht,' zei zijn vader nog bij het laatste rapport. 'Zelftevredenheid verslapt de vechtlust.' Nathan durfde hem daaraan niet te herinneren. Zeker niet nu zijn oom gezegd had dat Nathan op een veel te dure kakschool zat en dat een openbare school veel beter voor zijn vorming was.

Hoe vuriger oom Nathan van arbeiders en het socialisme sprak, des te stijver deed Pa Sid. Plotseling moest Nathan zijn nagels voor het eten laten keuren. Hij mocht niet meer zonder scheiding aan tafel. Het zeil maakte plaats voor damast met glimbloemen en voor het eerst sinds Kerst zag Nathan weer zijn zilveren servetring. Telkens moest hij horen dat hij kauwde als een bootwerker, dat zijn mes geen vlaggestok was en dat ellebogen niet op tafel hoorden. Als hij knoeide, strooide zijn vader deftig wat zout op de vlek: 'Ik zie jou voorlopig niet bij de koningin eten.'

Oom Nathan lette niet zo op manieren. Ook hij zwaaide met zijn mes en verfrommelde het servet. De laatste restjes soep dronk hij zomaar uit de kom. 'De koningin ziet toch niks,' lachte hij. 'Een tafel zonder regels kweekt kinderen als vlegels,' antwoordde Pa Sid. Dat sloeg natuurlijk op zijn Amsterdamse neven, die smakten aan tafel en mochten veel meer. Zij aten met één hand, maakten een knuist om hun vork en praatten met volle mond. En Huib, de oudste neef, droeg suède schoenen, heel mooie volgens Nathan, maar wel ordinair. Ook zei hij 'lul' tegen zijn vogeltje en soms sprak hij een beetje Amsterdams.

Kwam dat allemaal door de socialisten? Hoefden die nooit hun schoenen te poetsen? En mochten die allemaal net als zijn neven een waterkuif maken en met hun hemd op straat? Nathan had dat weleens gezien bij stratemakers. Lekker slordig. Die dronken een hele liter melk in één keer uit de fles. Ze lieten dan een boer en zeiden 'godverdee'. Nathan vond dat heel spannend. Zijn vader deed vaak zo netjes. Je gedragen was zo saai. Socialisten waren vrij, nooit streng, net zo aardig als zijn oom.

Ach, was hij nog maar vriend met Dickie Buisman. Die had geen vader. Hij rookte sigaretten, mocht zo veel witte roomboterhammen als hij wou en durfde alles. Dickie sprak met een schorre stem. Hij zei skop en skip en schippie tegen hun hondje Skippie, die genoemd was naar de hond van kapitein Rob. Dickies moeder was bijna nooit thuis. Zij telde kogels op de munitiefabriek en zong altijd op de fiets.

Eigenlijk mocht Nathan niet met Dickie omgaan en toen hij hem toch een keer thuis voor limonade had gevraagd, moest Dickie eerst zijn handen wassen en op een theedoek zitten. Pa Sid had Nathan toen op de gang apart genomen en hem gezegd dat hij met zulke jongens maar beter kon breken. 'Zoek toch vriendjes van je eigen stand.' Nathan had het Dickie precies zo gezegd. Als hij er nu aan dacht, moest hij bijna huilen. Hij miste die schorre stem en je kon zo met hem lachen.

> Ik zou je leiden, ik zou je brengen
>> naar het huis waar mijn vader mij opvoedt.
> Stroop soesoe zou ik je schenken
> Van Indische rozen, drillerig zoet.
> Maar vuil waren je nagels en knieën,
> Vele wateren konden je handen niet wassen.
> Als een distel tussen de leliën
> Zat jij, zo onrein, op een doek.
> Mijn wangen gloeiden van schaamte,
> Mijn vader verbood dit bezoek.
> Toen zond ik je heen, een vriend werd verrader,
> Hees klonk je gehuil, ik wendde mij af,
> Ik gedroeg mij zo hard als mijn vader.

De verkiezingen waren voorbij. De radio had de uitslagen gegeven. Pa Sid liep zurig door het huis. In de keuken kreeg Nathan een beschuitje met echte boter en frambozenjam. Beschuit! Het was toch geen zondag? 'Nee,' fluisterde zijn moeder, 'dit is een stiekem feestbeschuitje. Drees heeft gewonnen.'

Wat kon je daar lekker mee soppen en klotsen, met al die flinterige zeeprestjes in het ijzeren netje van de afwasklopper. Pas als je een eilandje schuim in de teil had geslagen, mocht er een scheutje Presto bij. Het klonk zo mooi dof, dat glazen getik van die dansende cadeaustuiters in de fles. Als Nathan de afwas deed, peuterde hij het gaatje in de dop stiekem groter, dan kreeg je meer schuim en sneller knikkers. Voor het spatten droeg hij het liefst zijn moeders plastic schort, dat had ijzeren borsten en halve hoepels die om je middel klemden. Zó moest de vaat. Staande op de stoof, de kwast in gloeiend bellenwater, en rubberhandschoenen aan, die door de hete damp als spenen om je vingers plakten. Hoe meer zacht sop, hoe minder Nathan dacht te breken. Afdrogen vond hij veel moeilijker, met drie op je tenen trappende zusters om het druiprek.

Als Nathan mocht afwassen, poetste hij extra traag. Dan konden zij langer zingen en ruimden zijn zusters alvast op. Want pannen in elkaar passen en bestek uitzoeken beschouwde Nathan als een straf. Hoe vaak moest hij niet die hele schoongewassen stapel nog voor het slapen alleen in kasten bergen. Omdat hij pas van tafel mocht als hij zijn spruitjes op had, of pudding met een vel.

Maar vandaag smaakte alles lekker. Nu zong hij mee en sloeg hij de maat met zijn kwast. Ma Sid mocht alleen neuriën, anders zong zij vals, door haar gebit. Maar Ada, Saskia en Jana konden het heel hoog en ook met tweede stem. Het mooiste was een versje op een wijs van Mozart. Over een jongen in een donker woud, op blote voeten, die had het zo koud. Nathan kreeg dan altijd kippevel. Net als bij 'L'Oiselet a quitté sa branche'. Met zijn vieren klonk het zó mooi, dat hij even in de keukenspiegel keek of hij al tranen had. En 'Gedachten zijn vrij', van de theosofen. Maar zij zongen ook van andere geloven, want die hadden veel meer canons. De kampliedjes gingen het luidst. Zelfs Nathans moeder zong dan mee.

> *Heb je wel gehoord van de jap die is gesmoord,*
> *In een pot met bruine bonen.*
> *Hij liep als een gek met een lepel in zijn bek,*
> *En de blubber liep langs z'n konen.*
> *Jap jap, jap jáp, je petje is te klein,*
> *Je schoenen zijn te groot,*
> *Je hebt verloren de zilvervloot!*

Dat hadden zijn zusters in Bankinang geleerd, midden in de rimboe, tijdens de oorlog. Nathan bestond toen nog wel niet, maar de wijsjes kende hij van school en deze woorden waren leuker. Hij was altijd een beetje jaloers op de verhalen van zijn zusters. Zij spraken zo vaak over Indië en over al die ooms en tantes uit het kamp. Hij kon er toch ook niets aan doen dat hij er niet in had gezeten! Nathan wist best wat het was. Zijn zusters bewaarden er nog tekeningen van, vol rieten hutjes en groene jappen, heel dun gewaterverfd, achter op een 'kartoepos' met een lijstje van bamboe en breikatoen.

Eén was er op behangpapier, een grote, met spelende kinderen bij een houten schutting. Zij droegen allemaal gele en groene jurkjes. Dat kwam, zei Ada, omdat zij toen nog maar twee kleurtjes had. Ook kregen zijn zusters bijna niks te eten. Pap was er net lijm. Al die kinderen woonden zonder vader, want mannen zaten ergens anders in de boei, zo noemden zij een gevangenis in Bankinang. Zijn moeder was er zo arm dat zij haar trouwring voor een lapje vlees verruilde. En toen Ada daar stiekem van pikte, sloeg zijn moeder met het vleesmes op haar hand. Helemaal per ongeluk, omdat zij zo zenuwachtig van de honger was. Zij wist echt niet dat Jana het zopas had geslepen. Het werd toch nooit gebruikt? Zo kerfde zij diep in Ada's hand. Nu zat daar nog altijd een zacht, rozig litteken. Alleen met regen deed het zeer, dan trok de oorlog aan haar vingerkootjes.

Door de woorden van die liedjes goed te leren, hoopte Nathan er ook een beetje bij te horen. 'Want er is geen kamppolitie die de jongens kan verslaan' kende hij helemaal. Maar van 'In het kamp daar moet je wezen' onthield hij alleen het refrein: 'Jappen hier, jappen daar. Vele jappen zonder haar.' En dan 'Kokkie', met al die moeilijke Maleise woorden. Dàt was mooi en bijna net zo zielig als die jongen van Mozart. Vooral als Ada er fluit bij speelde.

Kokkie had haar hele leven in de dapoer doorgebracht,
Waar ze altijd eten kookte, sajoer, rijst en sambalan.
In het begin was kokkie pienter en de nonja heel tevree,
Maar toen kokkie oud ging worden,
Wist ze niet meer wat ze dee.
Soep en sajoer leek wel water uit de put van onze tuin
En in een der frikadellen stopte zij haar sirih-pruim.
Toen 't al te erg ging worden kreeg de kokkie haar ontslag,
Omdat zij nu voor haar baantje lang zo lakoe niet meer was.

Eenzaam stierf ze in de rimboe, niemand had meer kassian
En daar rust die oude nênê ginder in de koeboeran.

Fluit, wat wou Nathan dat graag leren. Dan kon hij alle kampwijsjes spelen, in plaats van alleen de laatste woorden mee te zingen. Hij had het al eens geprobeerd op die van Ada. Zijn pink paste nu op het verste gaatje en hij kende al drie noten uit het boekje van Kees Otten. Maar Pa Sid vond een fluit te duur: 'Zolang jij niets doorzet, is het weggegooid geld.'

Nathan bedelde nu dagelijks om een fluit. Pa Sid bleef nee schudden. Maar toen hij een keer voor zijn zieke hart in Leiden was geweest, liet hij zonder iets te zeggen een bruin, langwerpig pakje voor Nathans neus op tafel rollen. Een fluit! Een dofzwarte, met een zilveren band. 'Hij krijgt meteen de duurste, daar kan hij het nooit op leren,' dreinde Ada.

Het was een zware fluit en Nathan kon bijna niet bij de gaatjes. Nu moest hij elke dag voor het eten een half uur oefenen. Niet meteen keukenliedjes, maar een *valse russe* met vier noten. Op elke bladzij kwam er een bij. Na een halve lente blies Nathan nog uit hetzelfde boekje. Buiten speelden vriendjes, maar Pa Sid hield hem binnen en overhoorde zijn toonladders en walsjes met de liniaal in de hand. Nathan haatte noten, vooral de zwarte die zo snel moesten, met een vlaggetje. Zingen was zo veel makkelijker, zelfs in het Maleis.

In een driftbui had hij zijn fluitewisser naar zijn vader gegooid. Pa Sids liniaal gloeide twee dagen na op zijn wang. Nu begon ook zijn moeder over doorzetten te zeuren. Die fluit was duur geweest, hij stelde zijn vader zo teleur. Wist hij wel dat Pa Sid voor die fluit zijn ring had verkocht? Was zijn vader dan zo arm? Nathan wist dat zijn vader vanwege zijn oorlogshart geen geld kon verdienen, maar moest Nathan om die ring nu echt zijn leven lang die noten fluiten? Thuis was toch geen kamp?

Nathan was over. Zijn rapport stond naast de fruitschaal op het dressoir, met een Mekka van de buren en een vastgeprikte gulden van Pa Sid. Nathan kon weer hele dagen buiten spelen. Maar zolang zijn zusters nog geen vakantie hadden, bleef hij het liefste binnen. Dicht bij zijn moeder, in de keuken, daar was zij helemaal van hem. Nu kon hij flink helpen met de taart voor zijn rapport. Hij zou de noten kraken. De dikke tussen de achterdeur, de taaie met hamer en nijptang.

Soms kleefden er in één amandel twee pitten als bange aapjes aan elkaar. Zoiets noemden ze een filippine, dan mocht je stil een wens doen. Vroeger hoopte Nathan altijd op een wasbeer die sabbelde op je pyjama, net als een poes. Daar hadden zijn zusters in Indië ook mee gespeeld. Maar de laatste maanden droomde hij van een grote broer. Een met wie hij in de storm langs zee kon lopen. Zijn zusters deden al zo oud en zeurden over zanderig haar. Pa Sid kon nooit ver, die mocht niks van zijn hart. Zachtjes fluisterde hij de wens in zijn vuist. Het was een bittere amandel. Kwam het wel uit als je de filippine ook opat?

Voor één keer hoefde de taart niet zo gezond. Hij mocht met echte boter en sukade, zonder tarwekiem en spinazienat. De noten maakten alles klonterdik. En toen zijn moeder voor het zonnige raam beslag sloeg, wiebelden de blauwe korenbloemen op haar jurk als een bibberend plaatje van een toverlantaarn. Nu het opwolkende meel haar gezicht dun-wit bestofte, leek zij plotseling veel op die grijzige moeder uit *De zilveren scheepjes.*

Dat was een boek uit de schoolbibliotheek, waar Nathan als vakantietaak een opstel over moest schrijven omdat hij bij een leesbeurt in de klas nooit wist waar zij waren. Als oefening las hij elke avond aan tafel een stuk voor.

Meestal vond Nathan lezen maar een sloom gedoe, maar dit boek was nog mooier dan het dik was. Hardop was hij pas bij het derde hoofdstuk, maar stil had hij het al helemaal uit.

Onder het bruine kaftpapier zat een glimmend omslag met daarop twee zingende jongens en een accordeon spelend circusmeisje. Een van die jongens heette Ernst Postma en hij dacht dingen die Nathan net zo voelde. Ook hij wilde rijk en beroemd worden en ook hij had altijd honger. Alleen sprak Nathan niet zo plat als deze Ernst, die altijd 'benne' zei. Hij was van zijn arme huis weggelopen en op een Westfriese boerderij gaan werken. Die boeren aten daar de hele dag pannekoek en 'dominéstik', dat waren twee witte boterhammen met kaas en roggebrood ertussen. Nathan wilde dat nu ook, al kleurde het nooit zo mooi met bruinbrood.

Maar niet alleen het lekkere maakte het boek zo goed.

Die jongen had net als Nathan een veel oudere vader en moeder dan de meeste kinderen uit zijn klas. Ook leek hij niks op ze. Aan het eind van het boek, toen Ernst als zanger in het circus werkte en elke week een rijksdaalder naar zijn arme moeder stuurde, ontdekte hij dat het niet zijn echte ouders waren. Hij was na een treinongeluk als wees bij ze opgegroeid. Een vreemde rijke dame had hem in het circus herkend als enig kind van haar verongelukte zoon. Zij kon het bewijzen door een zilveren scheepjesknoop die Ernst steeds bij zich droeg. Hij heette dan ook geen Ernst Postma, maar Ernst van Elsinga, net als zijn nieuwe grootvader. Nu was hij rijk, kreeg zo veel taart als hij wou en kocht een huis voor die arme stiefouders.

Nathan vond dat hij ook op niemand leek. Was hij thuis niet de enige die in de zon verbrandde? Waarom was alleen híj in Holland geboren? Hoe kwam hij aan zo'n bruine vader? En waarom stond er op zijn rapport Nathan Punt en niet gewoon Nathan Sid. Hij wist wel dat zijn vader niet echt met zijn moeder was getrouwd. Vorige zomer hadden zij hem dat allemaal al uitgelegd. Maar nu, na *De zilveren scheepjes*... had hij misschien toch andere ouders... was hij ook een wees?

Hier in de keuken, met niemand erbij, vroeg Nathan of zijn moeder het hem nog een keer wilde uitleggen. En terwijl Nathan de beslagkom leeg likte, vertelde zijn moeder weer van de oorlog, Sumatra en zijn vader.

Nathan kende dat verhaal allang, maar er kwamen zo

veel namen in voor dat hij telkens weer wat vergat. Zijn zusters heetten geen Sid omdat de naam van hun in de oorlog gefusilleerde vader Van Capellen was. Zijn moeder heette geen Sid omdat ze nog steeds de naam droeg van haar eerste man. Nathan heette eigenlijk geen Sid omdat zijn vader niet met zijn moeder kon trouwen. Maar hier aan zee sprak iedereen van de 'Sids'. 'Het is te moeilijk voor de mensen,' zei zijn moeder, 'later als je volwassen bent, kopen we je vaders achternaam.'

Toen Pa Sid kort na de oorlog zijn moeder en zijn zusters in Indië ontmoette, was hij nog getrouwd met een andere vrouw. En die haar broer werkte in Djakarta bij de Burgerlijke Stand en als Pa Sid uit Holland een brief schreef om van haar te scheiden, dan gooide die broer alles in de prullenbak. Volgens Jana, Nathans oudste zus, die alles zelf had meegemaakt, had die vrouw zich in de kali gedompeld en was zij zo voor de mohammedaanse wet met een ander getrouwd. Maar de Nederlandse dominees geloofden daar niet in en daarom bleef Nathan onwettig. Hij kon nooit iets erven. Ook zijn zwemdiploma waar in schoonschrift 'Nathan Sid' op stond, was eigenlijk niks waard.

Nathans moeder vermoedde niet dat hij er al zo veel van wist. Want Jana had hem ook verteld hoe zijn drie zusters Pa Sid zelf hadden uitgekozen, toen zij na het jappenkamp in Palembang op verscheping moesten wachten. Zij vonden hem toen zo aardig omdat hij dezelfde voornaam had als hun eigen doodgeschoten vader. Die heette ook Justin en zij waren allebei op 27 mei jarig. Jana zei ook dat Pa Sid misschien nog kinderen bij die mohammedaanse had, en dat hij die door de oorlog nergens meer kon vinden.

Maar nu vonden zijn zusters hun nieuwe vader toch wel erg streng en als zij de pest aan hem hadden noemden zij hem oom.

Sinds hij *De zilveren scheepjes* had gelezen, wist Nathan niet meer wat hij moest geloven. Dat hij een naam droeg die niet bij hem hoorde, de enige met sproeten was, zulke grote zusters had en zo'n oude vader en moeder, maakte hem net als Ernst tot een zielige wees die per vergissing bij deze arme mengelmoesfamilie was ondergeschoven.

Maar die verre broer in Indië, dat was nou net zijn liefste wens. Een grote broer voor wandelingen. En zijn moeder dan? Daar hield hij toch van, die moest toch wel echt zijn? Had zij maar een bewijs dat hij haar kind was. Maar door die onwettigheid was alles ongeldig.

Punt. Wie heette er nou Punt? Dat was de naam van zijn opa, die vroeger boer was maar die nu, volgens Pa Sid, 'stil leefde en couponnen knipte'. Die at bijna nooit pannekoeken en helemaal geen 'dominéstik'.

Zijn moeder begreep niet eens wat Nathan bedoelde, omdat zij alleen nog maar het begin van *De zilveren scheepjes* aan tafel had gehoord. Hij wilde Van Capellen heten, dat was een mooie naam. 'Indische adel,' zeiden zijn zusters. Of, als zijn vader dan tòch van hem was, gewoon Sid. Ook op zijn rapport.

Nu de taart in de oven zat, liep Nathan verveeld door het lege huis. Wat hij ook deed – vliegtuig spelen door zijn broekzakken als vleugels binnenstebuiten te keren, een spijker door de kaft van *De zilveren scheepjes* slaan, zodat hij het tenminste zelf mocht houden en zijn moeder een nieuw voor de schoolbibliotheek moest kopen – hij bleef maar denken over zijn naam. Punt. Sid. Van Capellen. In de grote gang, die zij met drie buren deelden, was het donker en stil. Zonder er bij na te denken, groefde hij met zijn spijker een streep in de witte kalkmuur. En toen, alsof een onzichtbare Juf zijn hand vasthield, kraste hij zijn wettige naam in de wand:

PUNT

De meisjesnaam van zijn echte moeder.

Hij slikt vuur en vlam door zijn bek,
Zijn staart is zo lang als zijn nek.
Aan de grond ritst hij zich vast,
's Nachts spikkelt licht uit zijn bast.

Beroete brem en slakken langs zijn baan,
Ra ra, wie komt daar aan?

Bello de stoomtram. In de winter, als het door je wanten vroor, ging Nathan er vaak mee naar school. Maar nu, 's zomers, kwam hij elke vakantiedag even naar hem kijken. De deur uit, het bos door en je liep al op het spoorterrein, waar de helm tussen de stil geroeste rails je knieën rood zwiepte en duinviooltjes aan de sintels klitten. Het rook er naar heel vroege morgens vol zeewind en verbrande kolen. En het kon er zo sissen, dat je je tong niet hoorde slikken of klakken. Vooral als de oude Wijkie aan Bello's kranen draaide en met een grote linnen slurf het water uit de torenbak langs de roestige deksels liet gutsen.

De koperketel zucht,
Blaast wolken in de lucht.

En zijn er daar genoeg,
Dan plenst het morgenvroeg.

Wijkie zorgde niet alleen voor Bello's verse water, hij
was ook van het gas en licht, konijnenstroper en goochelaar op het zomerfeest. Volgens Nathans moeder zat er
straling in zijn handen en had hij heel bijzondere gaven.
Dat vond Nathan ook, want Wijkie kon rijmen en zingen
tegelijk. Hij maakte Bello-raadsels, rookte sigaretten
door zijn oor en wees altijd naar een vlek op je bloes. Als
je dan keek zei hij 'maar niet heus' en kneep in je neus.
Soms net iets te hard.

Vandaag zat hij op een blik onder de waterbak met
een schreeuwende kip tussen zijn knieën. Wijkie zei dat
die kip het pootje had: zijn linkerklauw was krom van de
reumatiek. In een emmer naast hem lag een handje vleu-
gelveren die hij zomaar levend uit de kip getrokken had.
Dons dwarrelde nog over de rails.

De kip gaat uit zijn veren,
Ik zal hem mores leren.

Nathan was bang voor kippen. Toch boog hij nieuws-
gierig over Wijkie heen. Hij wilde zo'n bobbelige klauw
en roze trillend vleugelvel weleens met zijn vingers voelen. Maar juist toen hij zijn hand uitstak, duwde Wijkie
de kip met een smak in de veren, schroefde zijn vuist om
de strot en trok de bloedende kip als een grijnzende

goochelaar weer uit de emmer. De kip fladderde zich los en hinkte over de rails. Bloed schitterde op de olievette biels.

> Kijk hem rennen zonder kop,
> Dood hem, trap hem, schop!

Had Nathan Wijkies vuisten, dan zou hij alle boosheid uit hem slaan. Maar de bloedige veren om de emmer maakten hem wee en slap. 'Ik spuug je doormidden,' riep Nathan huilend. Zijn mond was droog van hijgende schrik. Hij rende het perron af, naar het fietspad beneden bij de rozestruiken. Daar keek hij angstig naar bloes en handen, misschien zat er nu echt een vlek op. In de verte hoorde hij Wijkies emmer over het grind schuren.

De kip kakelde nog na in zijn oren. Het liefst ging Nathan nu naar zee om die enge Wijkie van zich af te waaien. Hij klopte het zand uit zijn sok, peuterde zijn nagels schoon en liep rozebottelkluivend naar het strand. Waarom hielden mensen toch van vlees?

Plotseling echode een schot door de lucht. Even voelde Nathan zijn tranen weer branden. Nu ging hij ook nog schieten. Maar gelukkig was het geen stropende Wijkie. Een paar meter achter hem stond een invalidewagentje met een lekke band scheef in de berm gezakt. Er zat een oude manke meneer in. Hij zei niets. Zijn ogen waren dicht en hij had paarse wangen. Nathan trok zachtjes aan het stuur en keek stiekem onder de deken hoever zijn benen gingen. Sliep hij? Of was hij flauwgevallen van de knal? 'Meneer, meneer.' Nathan klingelde met de bel. Niks. Niemand op het fietspad. Zou hij Wijkie roepen? Die zat het dichtstebij. Nee, dan liever snel naar huis. Koninginnewater halen, daar werd je wakker van. Thuis haalde hij hijgend het flesje uit zijn moeders nette tas. Er was niemand om het aan te vertellen. Terug op het fietspad zag hij Wijkie bij het wagentje, pratend met twee badgasten op een fiets. Zij zouden de dokter gaan halen.

Ook Wijkie kreeg de manke meneer niet wakker, al tikte hij met zijn vieze handen nog zo op die paarse wangen. Nathan hield voorzichtig de eau de la reine onder de man zijn neus. Nu zag hij duidelijk gele aartjes op dat slapende gezicht.

Er stopten nog meer mensen. Zij zeiden dat Nathan naar huis moest. Ongelukken waren niet voor kinderen. Maar hij had die meneer toch het eerst gezien? Hij hielp toch met de eau de la reine? Pas na een half uur kwam er een ziekenauto, eentje uit Alkmaar, die zag je hier haast nooit. Zij schoven de meneer snel naar binnen.

De dokter deed het gordijntje dicht. Later kwam er een zwarte auto bij. Wijkie zei dat hij nou 'mooi mortibus' was en hij sloeg een kruisje. De brancard werd meteen in de zwarte auto overgeladen. Het laken was vanboven toegestopt. Je kon zijn wangen niet meer zien. Nathan kreeg het kil. Hij nam de bosweg terug naar huis, zonder eau de la reine.

Zo kon je ook dood. Van een klapband.

Hoor hoor hoor,
Bello op zijn spoor.

Ruik ruik ruik,
De wilde rozestruik.

Lodderein en kippebloed,
Dood, wat stink je zoet.

Zomer was een tijd van kwartjes. Kwartjes van Duitsers die Nathan hielp losduwen als zij hun auto in het bermzand hadden vastgereden. Kwartjes van vrijende paartjes die je in de duinen achtervolgde tot zij je voor een ijsje wegstuurden. Kwartjes van lege flessen. Kwartjes van de boswachter, voor elk emmertje coloradokevers één. En kwartjes van Pa Sid, maar die kreeg je het moeilijkst.

Nathan zat nu al een uur op de motorfiets te poetsen en nog vond Pa Sid hem niet schoon genoeg. Het aangekoekte zand was al met petrolie uit de zilveren machineribbels geborsteld. Maar omdat Nathan met dezelfde kwast ook chroom en verf had nat geschilderd, was alles wat kon glimmen vlammend paars gevlekt. Nu moest hij het met gele watten weer tot spiegel wrijven. Zo'n grote motor, voor één kwartje.

Nathan schaamde zich een beetje voor die motor. Echt nieuw was hij niet. Langs de spatbordnaden liep een spoor van roestige koffieprut. Als je hard wreef, knapten de blaasjes er tot schilfers. Het was niet eens een Djawa met zijspan, zoals van Gijs de post uit Bergen. Dit was een donkerrode Ariël met mica jasbeschermers en breipendunne spaken. Ronkte de motor, dan bibberden de zadels als twee bruine kwallen.

Straks zou Nathan met zijn vader naar Den Haag gaan om zijn nieuwe Engelse tante te bekijken. Dat was een oude zuster van Pa Sid, die Nathan nog nooit gezien had. Hij wist alleen dat zij Engels sprak. Haar man heette oom Len en die had hier weleens geslapen, met een grote trommel toffies in geel en paarsig cellofaan. Hij droeg een snor en zijn zoon was op Cyprus doodgeschoten. Pa Sid zei dat die oom 'goed in de slappe was zat'. Misschien kreeg hij nu weer zo'n grote doos met toffies.

Voor onderweg had zijn moeder omelet gemaakt, met extra kaas, want van alleen maar eigeel kwamen puistjes. Hij zou er na de tunnel pas van eten. De lauwe broodgeur maakte hem hongerig. Nog lekkerder rook zijn vaders leren jas die speciaal voor deze tocht was ingevet. Nathan moest in een windjack van zijn zusters. Bij het starten van de motor jeukte zijn voetzool van het getril. De uitlaat knetterde net als de lampjes van een sidderaal in het zee-aquarium. Toen ze het tuinpad afreden, durfde Nathan niet te zwaaien. Hij kneep zijn knokkels wit in de kleverige zadellus. 'Ariël, Ariël, alles rammelt ineens los,' riepen de achterbuurjongens van Serpenti hem nog na. Dat was de kift, dacht Nathan, die van Serpenti waren nog nooit verder dan Alkmaar geweest.

Nathan drukte zijn kruin tegen zijn vaders jas. Zo zag

je de berm langsschieten zonder dat je ogen traanden. Struiken zoefden grijs voorbij. Alleen door dorpen gingen zij kalmer, dan kon je weer bomen tellen en durfde Nathan zijn plakkerige billen te verschuiven. Praten kon niet. Maar zijn vader tikte hem telkens op de knie om te voelen of hij er nog zat. De boterham met omelet lustte hij nu niet meer. In Den Haag kregen zij toch rijsttafel. Zonder stoppen was het sneller voorbij.

Motorvlug,
Grote rug,
Neus in plooien leer.

Tanden tikken,
Tranen slikken,
Trillen doet zo'n zeer.

Den Haag stonk. Nathan was bang. Zo'n drukke stad had hij nog nooit gezien. De trams jingelden luider dan hun toeter. Een chauffeur in een hoge bus zwaaide naar hem, maar Nathan durfde de lus nog steeds niet los te laten. Die man stak zijn duim op naar zijn vader en wenkte dat hun motor kon passeren. Pa Sid schoof voorzichtig voorbij. Achter de bus stond plotseling een vrouw. Nathan kneep zijn ogen stijf dicht, hoorde een klap en zag toen hij weer opkeek een mevrouw naast zich neervallen. Haar been was rood van bloed.

Zijn vader zette de motor op de standaard. Alles beefde. Nathans ogen waren vol tranen. Er kwamen mensen bij. De mevrouw werd naar de stoep getild. Nathan bleef met de motor midden op de weg. Auto's trokken aan twee kanten voorbij. Niemand die naar hem keek. De boterhammenzak had hij in zijn vuist tot pulp geknepen. Hij telde de ribbels in de zadellus. Opkijken kon hij niet. Pas toen Pa Sid zijn leren arm om hem heen sloeg, durfde hij weer naar de stoep te kijken. De vrouw was al weg.

Zijn vader zei dat zij nooit meer op de motor hoefden. Die Ariël was veel te trillend voor zijn zieke hart. Zij duwden hem samen naar oom Len. Daar wachtten toffies en een kwartje voor de schrik.

Pa Sid was dood. Vijf dagen geleden was hij naar het ziekenhuis in Alkmaar gebracht. Een griep beklemde zijn hart en hij snakte thuis te veel naar adem. In Alkmaar kreeg hij zuurstof. Elke middag fietste zijn moeder samen met Jana naar het ziekenhuis en als zij terugkwamen, snuffelden zij aan elkaar. 'Pa zegt dat we naar knoflook ruiken,' giechelde Jana. 'Hij rook zijn eigen doodsgeur al,' zei de dokter, die nu op sterfbezoek was en in Pa Sids stoel een sigaartje rookte. De nacht dat Pa Sid de geest gaf, was de kembang sepatoe verdord. Zijn lievelingsplant, hij had hem zelf gestekt. 'Een voorteken,' zei zijn moeder.

Nathan voelde zich vandaag heel belangrijk. Volgens de dokter was hij nu de enige man in huis. Hij moest het goede voorbeeld geven en zijn moeder tot steun zijn. Hij was het enige dat Pa Sid op de wereld had achtergelaten. Hij zou voortaan flink eten zodat hij gauw Pa's jasjes van House of England en zijn schoenen kon dragen.

Vanmorgen had zijn moeder hem huilend wakker gemaakt. Zij zat knielend naast zijn bed, het horloge van Pa Sid in haar hand: 'Hier, dit is voor jou, pappie is niet meer.' Nathan moest er niet om huilen. Saskia wel, die schreeuwde het hardst, terwijl zij achter zijn rug dikwijls het lelijkst over hem had gedaan. Het enige dat Nathan zijn moeder kon zeggen, was dat hij het horloge niet hoefde. Zijn moeder was al zo arm, zijn vader had met zijn hart al zo veel geld gekost.

Vannacht was zij alleen op de fiets naar Alkmaar gegaan. Hij was al dood toen zij aankwam. Nathan zag haar voor zich. Slingerend over het duinpad, in tegenwind langs de weilanden bij het Pesibad, met fietstassen die een treurig deuntje in de spaken van haar wiel pingelden. Zo fietste Ma Sid altijd: bij elke trap zwaaiend naar links en rechts, begeleid door het harpgetokkel van haar bruinlinnen fietstassen. Nathan schaamde zich dat zij geen auto hadden. Was hij maar groot, dan had hij haar op de motor naar Alkmaar gebracht.

Ma Sid was nu voor de tweede keer weduwe, maar omdat zij niet met Pa Sid getrouwd was, mocht dat niet in de krant. Daarom moest Nathan het samen met Saskia in het dorp gaan vertellen. De verre familie kreeg een brief. Nathan liep als een man over straat, als hij bekenden zag begon zijn onderkaak vanzelf te trillen.

'Mijn vader is niet meer,' zei hij als ze naar Pa Sids griep vroegen. Nathan durfde niet 'dood' te zeggen. Dat was zo'n koud woord. De theosofen zeiden 'is niet meer' of 'voorgoed op reis'.

Mevrouw Wokke van het postkantoor drukte hem tegen haar grote borsten en zei 'arm kind' tegen hem. Nathan bloosde, maar hij zou niet huilen. Zeker niet tegen die buste in het loket. Op weg naar huis zei iedereen 'gecondoleerd' tegen hem. Dat was een burgerlijk woord volgens zijn moeder, je moest zeggen 'ik betuig mijn innige deelneming'.

Oom Nathan had voor de begrafenis een jacquet aangetrokken. De Indische ooms hadden zulke kleren niet, die kwamen in hun zomerbroek en deden plotseling of zij veel van Nathan hielden. Zij liepen te snotteren en sloegen kruisjes omdat zij vroeger katholiek waren geweest. De tantes droegen gaas met donzige spinnetjes voor hun ogen. Nathan mocht niet mee in de stoet. Hij moest bij Dientje de werkster blijven, die smeerde boterhammen voor het bezoek. Voor het eerst zag Nathan een gesneden casinowit, dat als een trekharmonica uit de broodzak gleed. Er kwam ham op en dunne flieders omelet. De boterhammen werden schuin doorgesneden. Nathan mocht geen stapels maken op een schotel. Hij moest naar bed. Zijn moeder had hem, hoewel hem niets mankeerde, ziek verklaard. 'Zo'n kist met bloemen blijft anders maar spoken in je hoofd,' zei Dientje. Hij had zijn vader ook al niet in het ziekenhuis mogen opzoeken, omdat die er met een zuurstofbril te eng uitzag.

Oom Nathan kwam in jacquet een dansje naast zijn bed doen. Hij fladderde met zijn kraaiestaarten en trommelde op zijn hoge hoed. Nathan lachte omdat zijn oom dat wou. Nu voelde hij pas de eerste echte tranen. Als hij zijn ogen stijf dichtkneep, braken de tranen achter zijn wimpers tot een donker vlies, als druppels inkt op het vilten schrijfblad van Pa Sids bureau.

Nathan lag graag met zijn ogen dicht op zijn rug. Zo werd hij stil vanbinnen en zag hij dingen in zijn hoofd die er in werkelijkheid nooit waren. Als hij niet slapen kon, moest hij van Ma Sid, langzaam ademend, aan een ondergaande zon denken en aan een blauwe zee en een groen bos. Dat was yoga, daar droomde je harmonisch van. Na het doffe deurgeklap van de begrafenisauto's dacht Nathan diep aan het blauw en het groen. Maar het enige dat hij zag was zijn vader in een kist, gestikt onder het glas van een reuzenmotorbril.

Nathan hoefde een week niet naar school en nu zijn zusters met de vertrokken ooms en tantes uit logeren waren gestuurd, had hij zijn moeder helemaal voor zich alleen. Het was zíjn vader die 'weg' was en alleen hij en Ma Sid hadden echt verdriet.

Nathan lag, terwijl zijn moeder bij het aanrecht rommelde, op zijn rug op de keukenvloer. Hij soesde met zijn ogen dicht in de zon. Hij kon veel met zijn ogen dicht. Hij bladerde dagdromend door de mooiste albums en schreef blind verhalen met een tien voor spelling. Achter zijn oogvel zweefde een wereld zonder fouten.

Als hij zijn ogen opende zag hij zijn moeder onderste-boven. Zij schilde aardappels op een kruk. Het schuife-len van haar voeten over het zeil schuurde dof in Nathans hoofd. Hij keek onder haar jurk. Haar benen leken een brug tussen het groene zeil en het wit van haar onder- jurk. Heel stil en warm was het. Je hoorde alleen het snijden van het mes en het ploffen van de schil in de uitgevouwen krant op haar schoot. Nathan kneep zijn ogen weer toe en zag een Indische tuin waar vogels vlo- gen, zoals op de postzegels van tante Una uit Nieuw- Guinea.

Hij zag wilde kembang sepatoe en water met verse groene sprietjes en, zoals altijd, bergen die op duinen leken, maar nu met een pluimpje rook eruit. Net zoals op het schilderij schuin boven het dressoir. Zijn vader liep er ook, met een geweer en oranje medailles op zijn borst. Nu keek hij hem strak aan. Nathan deed zijn ogen weer open. Hij wilde zijn strenge vader helemaal niet zien. Stiekem dacht hij hoe fijn het was een halve wees te zijn, nooit meer slaag en veel meer knuffels.

Ma Sid vertelde over zijn vader vroeger. Zij zei dat hij weinig liefde had gekend. Pa Sids moeder was wel heel mooi, maar ook heel gemeen. Zij bedroog haar man en stopte al haar kinderen in een weeshuis. Die man had zich een kogel door het hoofd geschoten van verdriet om haar, de roos van Soerabaja. Nathan had haar geluk- kig nooit gezien. Zij leek hem een kwade fee uit een sprookjesboek, eentje met vergiftigde zuurtjes op zak. In een weeshuis moest je bidden met één oog open, anders pikten zij je boterham. 'Je vader is met de zweep grootgebracht,' zei zijn moeder, 'oma Sid sloeg hem om het minste of geringste.'

Nathan had spijt van zijn halve-wees-fantasieën. Nu hield hij echt van zijn vader, al was het alleen maar omdat zijn zusters Pa Sid haatten. Ook zou hij hem voortaan verdedigen tegenover zijn vriendjes uit het duin, want die lachten hem vaak uit omdat hij ze als een sergeant toeblafte. Zou hij later ook zo worden? Hoe vaak had zijn moeder niet gezegd dat hij een aardje naar zijn vaartje had. Nathan was driftig en sloeg net als Pa Sid alles kapot. Nathan was gulzig, kon zich nooit beheersen, wilde niet sparen en het duurste was hem niet goed genoeg. Nathan moest nu het goede voorbeeld geven. Maar hoe dan, zonder op zijn vader te lijken? Nathan wilde niet verder alleen op de wereld. Het liefst bleef hij klein en kroop hij voor altijd weg onder zijn moeders jurk. Bij dat witte, waar het was zoals achter zijn gesloten wimpers, een veilige wereld waarin hij niets fout kon doen.